雅·风

玉霖 著

陕西新华出版
太白文艺出版社·西安

图书在版编目（CIP）数据

雅·风 / 玉霖著 . -- 西安 : 太白文艺出版社，

2024. 9. -- ISBN 978-7-5513-2766-4

Ⅰ. I217.2

中国国家版本馆 CIP 数据核字第 2024C9J802 号

雅·风
YA FENG

作　者	玉　霖
责任编辑	刘　乔　胡世琳
封面设计	屈佩瑶
版式设计	屈佩瑶
出版发行	太白文艺出版社
经　销	新华书店
印　刷	西安盛业印务有限公司
开　本	880mm x 1230mm　1/32
字　数	130 千字
印　张	8
版　次	2024 年 9 月第 1 版
印　次	2024 年 9 月第 1 次印刷
书　号	ISBN 978-7-5513-2766-4
定　价	45.00 元

目录

雅和集

1

2

西风集

雅和集

晚秋

　　往事休提，把酒话秋。芦花江岸飞雪，碎金荡去东流。捋尽多少不平事，任你不休。

　　莫管风月，不似闲愁。常恨身似叶凌零，怎堪敌愁销？恨叹长路多错疚，浊酒化戈。

秋水

佳人已无意，决绝似秋水。

赠我冬来意，长驱转肺腑。

晦涩默无言，月华红叶血。

顾自久安好，相见已无因。

唯有月盛情，年年映昔时。

对月无须言，红叶心头血。

西洲

送别柳，离人泪，多情遣我上西洲。

声声啼，落单鸟，刺破烟雨折断肠。

动波影，清如许，载满相思入骨愁。

烟波渺，似幽梦，喜见长亭又见空。

月明两岸

你在人世孤灯照月，

我在世间流离失所。

遥遥相印背弃离心，

愚顽自挺踽踽前行。

百年行圣地，过客悲且惶，

苍茫不见路，举步皆是悔。

扁舟蓑衣强穿去，

波涛涌过恨海来。

圆月明我心，只是意太寒。

照我前方路，孤尽不同眠。

猿悲声不绝，道说心间恨。

金戈化冰水，沧海也桑田。

明月闻我泪，孤绝在天边。

倒是不怜惜，清辉自映心。

一曲羌笛怨，两处泪苍凉。

你我本同体，情深却无情。

惊觉路过半，喘息弹指间，

流星不传恨，入梦偏递暖。

风雨行

雨且住！容我歇。

天遥冷地苍茫，行路人哪里行？

寂寂寥茫茫然，路多歧怎分别？

雨且住！容我思。

风莫笑百年身，哪容错？误终身。

思前后想左右，行迟迟意冷冷。

呵！嗟自断生机。

长啸一声继续，雨不住，仍前行。

风狂吼，理他甚。

天令我生为人，承地恩怎自弃？

纵有差池莫管，迷途知返再行。

泥泞尽污不嫌，风雨不惧再来，

且当天赐沐浴。

雨随意！我且行。

抖落一身犹豫，大笑一声恣意，

随白鹭穿雨行。

豆蔻才初绽，清澈无忧烦。

花间好独舞，月下偏流连。

戏高自风流，决绝笑犹疑。

无意踏心户，羁绊情如欠。

密密何时织，怎裁叠叠厚？

乳燕情欢时，飞离魂断乡。

莫问何时了，至今难开颜。

故
人

　　三月里，乍遇故人。眉眼皆是愁，春色难映。揣思间，已被误。自此笑颜也含忧，言语曲折，意态犹。

　　东风破，水皱波起。老柳不相问，一任飞红。非冷情，入难出。青丝易结，断字从来疼去忍，难莫提。

无题

常言道分久合，可有过合无期？

疑生怯再难安，蚁噬骨蚕食心。

人起惶天不管，又来雨湿眼前。

秋风起寒叠生，惊天地竟有绿。

雨茫茫心灰灰，笑黑鸦何处栖。

大苍穷觅无处，心如漠伤似谷。

问寒鸦栖可否？过甚不如歇雨。

无问

　　心有事不敢问？淡掩心事，化感伤顺水流。春也悲苦？满间嫩绿桃红，空惹烦。鸟啼兽闹，生喜也讨嫌。只得眉尖堆放，笑声恹恹，对语呵呵。

　　心不坚意难平，怪我怪我。意不明心难定，怨你怨你。几番踌躇，几许反复几多眠醒。正存疑自叹吁，天外云卷翻腾，踪迹难定，怨谁怪谁？

　　蝼蚁怎知天意几许，难料难定。思犹间秋已立，愁苦倒是应景。待冬至别离时，恰好满目尽哀。天有心许则个相守，还是春，到底生机无限。

无事

相思何苦？凭何碾心肝？不过自怜。春旧
碧柳点红，哪个愁苦？何来怨尤？

何苦相思？平地怎生波？只怪自轻。春依
旧心入秋，愁苦徒来，怎的不怨？

怨尤何道？春光满园不识人苦，离雀别枝
径自东飞。闷苦独欺，只来不去。

他日相逢，笑问故人春依旧？人如旧？如
旧如旧。无事，莞尔一笑话平生。

伤心赞

　　一曲寻芳音顿绝，余音仍绕玉地碎。一池伤心莫追问，自取羞。恨自饮，怨莫生。此事自古皆做空，碾心恨苦缘来欠。谁过问？

　　诗人心伤世人赞，泪似老蚌珠被藏。一曲幽怨成绝句，一地碎心织锦词，相思托起情人泪，照得户户寸寸愁。空自苦，哪个怜？

一别两宽

不敢言，一别两宽。

即若到了，道别关口。

一别无须言，两宽说不出。

更知离别后，夜更长来意更寒。

殷切化夕阳，残照永冷夜。

唯愿君先宽，只此心方安。

一休两不

一河泾渭两分流，

纵到黄泉不复见。

有泪无嗔不因君，

自是清深不肯污。

白发

红尘离恨几时休？
莫把白发当作雪，
寒虽近，意犹远。

雪化春风肥绿花。
白发一腔残红血，
转啼痕，化苍狗。

春空

一眼千年间，相忘两江湖。

刑天空自舞，精卫枉填海。

平生恨徒劳，伏吟复徘徊。

鸟啼波不绿，梦惊春山空。

春归

曲调屡试难调。立夏送春归。夜雨灯下，色斑斓，意阑珊。倦步不归，难眠。

还是花解语，嚼雨轻劝君，春过花更浓。妍妍艳翻浅中去，碧草叠开万重重。

怎知不如此？何虑无花赏，何愁赏无人？同春经过对生怜，睁眼独对狰狞。

春去春又回，我去岂能回？啸鸢振臂，楚天阔。燕归时，黄绿炊烟，袅无忧。

尔

尔

人近日暮倦鸟思巢，
快请彩云洗尽沧桑。
自主浮沉泥牛入海，
力邀明月悉听尊便。

女儿花

垂髫之美在野，恣意灿烂赛野花。

初长成美在巧，含羞带怯胜蔷薇。

少妇之美在艳，明眸夺目比玫瑰。

夫人予美在气，落落风华类牡丹。

老妇若美予高，隐逸出尘堪苇花。

尘间女儿皆如花，风雨不落何其难？

真做田来空为香，顺时逆放参初心。

相思

幽林不见鸟，
只闻深处闹。
对月相隔远，
却占心头扰。

相媚好

春风吹融雪，催放花百枝。

朝霞万丈红，暗夜敛残阳。

春意无限好，呢喃浅低笑。

知郎情深时，已近无情处。

听
雨

又逢阴雨，心弦道相思。只难闭目，画卷连串展。低颦眉，高转笑，不做庸人扰。

连声罢罢，阴雨忽转晴。新绿湿浓，却雨又重来。风吹皱，一池波，绿如旧难静。

东君

　　也曾个深长意浓，也有过缱绻难分。痛煞其中滋味，难罢。昨儿个，眼角又湿。抬眼看花，满目落红。

　　都道东君慈柔，百千盛赞谢褪万般。一念暖意难抛，痛煞多少不甘。今儿个后，只慕秋华，铮尽且从容。

如是

原来结局如是。当日戏把后说，哪承想，清淡如烟，转而化丝不见。

摇扇莫叹薄情。落花不怨春风，缱绻春暖花才开，哪料倒春，寒峭。

飘零莫话伤心，闲落也可逍遥。笑鱼水中空追风。真自在，问心胸。

败

平生多少落魄事，又败。共月对酒数痍疮，
细诉。淋漓尽时涕泪干。

月旁观来风讥诮，无妨。深冷处含笑仍香，
且闻。醒后大笑生仓促，梦难得，愚败何妨？

恍醒

　　闲信步，思绪乱。夜无眠，悠悠往事重现。有几宗好事，不是春风一度。有几更期许，不过花褪残梦。落空处，败泥底。

　　鸟啼恍醒时，当属雨急风劲处。打滑失跌，湿衣泥重，身心倏冷。省却多少？晓事多少？何时都是梦，何处醒，又何妨？

辜负

惜年华，梦里无波身乃轻。烟雨凝露挂枝条，无叶萧瑟风骨显。夜深寒浓更兼数愁，几时醉便可休。

雪不住，冷欺朽骨破孤胆。也知漫漫人去路，远处红梅定沁心。只如平日浅酌孤枕，梦里愧闻梅香。

红妆

懒理前尘往事，倦整红妆。昏昏而眠，不知今辰后事。念过往总苍凉，远念惊心。也曾娇俏如花，巧倩入画。今番计较，只当醉梦一场。

经经年又一年，后后年年。堪比往后，此景堪堪正好。还有红妆还记前尘，有眠。祈残景暖软有茶酒，无愁。兰舟催发刻，含笑理红妆。

别

确已无路可走，徒剩悲伤。苍凉到无法直立，却仍要挺步向前。

死寂如鲠在喉，悲哀无法言明。

谁承想才初展眉，竟已至山穷尽。可怜手还两牵。

梦中的眼不忍再见，知道泪该含满。

不言别，急转去，不回头。人顿老，空如雪。自此后，月看人依旧，人又哪能依旧？

寄秋

　　午夜街头空闹，欢喜也曾盛开满树。记忆犹新，齿犹甘，难罢云胡不喜。开口讷讷，终无语。

　　郁满自成积，小径深处独徘徊，沉吟至今。芦苇又开，光照波纹，黄罢红来，今年可赏？

　　又是一年秋，红叶可寄，芦苇难收，徒劳一身秋。不寄不收，任水西流，终东流，零落一生秋。

伤

你落落而来，款款而去，

我却为你伤了羽翼。

残生，伤翅前行，

展翅高飞，再是不能。

栖落水边，

顾自弄影，不看你。

你又怎知，那一腔心事，

满满的祈盼。

力掩伤翼，佯作无事，

做足了孤傲的姿态，

生怕会伏身求乞。

对你，我怕的不是卑微，

要的更不是同情。

故作镇定地无视，

只怕只一眸间，

浩浩荡荡向你奔涌，

那一腔心事，

满腔柔情，

若打动你，可怎么好？

我要的啊，

不是怜惜，

我要么什么都不要，

要么就要全部所有。

情人

人世若容得下愿望，

我要一个拥抱，你的。

从后背紧紧地抱住我，

像是我就要远去，且永不会再回。

头轻放在我的肩，我的挨上你的，

环抱住我腰的手，我的叠向你的。

虚脱得毫无气力却又紧密相连，

我们像对被世界吞吐出的遗孤。

身处被无尽大海包围的孤岛。

听，海浪在咆哮，

风卷起你衣我发，

还有喃喃的叹息，

依依糯糯的软语，

被风吹散依稀迷离。

轻轻地吻，不舍地纠缠，

蓝色的岛屿，只留有我们，

在时间内，时间外。

宛若刚孵化的雏鸟，

茫然无措又坚定无比。

给我这样的怀抱可好？

一瞬即永恒，

生存之内，死亡之外，

旷古而辽远。

然后，

时间停格了，风也静止了，奇怪，花开了。

你听见了吗？

花开的声音，

向我们胸膛奔涌又交汇融合。

旷古深远，一瞬即永恒，

给我这样的怀抱，

可好？

情深入骨

只是情深入骨，谁承想唇齿两依。只是情深入骨，谁料想要一生思量。

若是情深入骨，岂会不闻生死，不问音讯？若是情深入骨，哪堪濡沫之情，共处之义。

道是情深入骨，难敌琢磨细想，难挡夜深风急，不若老来健忘。碧落黄泉终会不识，不如就此两忘，偏又情深刻骨。

我的世界

我的世界充满秩序，

你是唯一的无序。

我的世界文明有礼，

你是独有的蛮荒。

你生动野蛮地

生长在我的世界。

那么微弱，像野花一样纤细。

那么渺小，对世界只是一点，

却对峙我所有的秩序与理智。

无数次将你扼杀，残忍决绝。

只是一阵风，

只一阵风就让你复活。

或者是一滴泪，

一点儿失意无助，

足够你萌芽疯长。

纤弱，却无法拔除，

不知轻重，痴傻愚顽，
蛮荒一片，毫无秩序。
可人又怎能铲除自己？
那一点是我的心呵，
我这蛮荒无序的心。

春风拂面

如果不是你的笑意里藏有春风，
怎么会有柳梢划过心尖？
微笑，涟漪，荡漾，
晕散涨满心田。

如果不是你的疼痛里有着苦瓜汁，
为何眼泪在你眼里流淌，
却令我心挛缩成核桃仁。
那弥漫的苦楚啊。

你要相信，
让你哀伤惊骇的，
同样令我震颤。
我们是相同树枝结出的果实，
即使远隔千山万水。

不要问我为什么，

因为那莫名的欢喜忧伤，

我也不曾了解。

或者你是我的世界。

那里蕴藏着春风，阳光，

海啸，绿叶，柠檬，胆汁……

你是我的世界，只在你的里面，

我才找到了我。只在你里面，

才有我。

深邃

你是我内核最深邃的部分。

你是我心底最深处的疼痛，

是那夜空里最幽深的黑，

是蓝里的深蓝。

是酝酿在深海蚌里最明的珠，浑圆璀璨，也是

白日最刺目的炫亮，白里最白的光，

刺穿我的魂灵，

连同那没有时间的部分。

爱想要呼喊，却吐出杜鹃，

听，它们在荆棘丛里嘤嘤歌唱。

才想要言语，

龙卷风卷起浪已咆哮而至，

海，听任时空交错，不断低语。

随之是什么在舞动？在白日黑夜，

在每时每刻，外在内间跌宕起伏？

万千花朵随着什么摇曳曼舞？

蜂蝶奋力扑扇的羽翼里隐藏着什么？

又是什么让萤火虫闪光穿过幽谷心间？

你是这轻如无绪的风，是那比思还细的意。

你是最难言的缄默无语，是最幽深的黑，

是我最深邃的部分。

你不知道对于我，你是爱的本身。

宇宙因此无限地爱着你，

你是它最深邃的部分，

你是它的中心。

秘密 /

甚至对你，
都不会泄露，
顾左右言他。

沙粒挤入心，
打磨，包裹，层层叠叠，
抵抗，交融，珠光萦绕。

忙罢，深潜，
独自摩挲把玩，
珍藏海底，视之若宝。

吝啬如信徒。
它是秘密，
我不分享。

幽幽光华，夜间流转。

心岩花开，醉意微醺。

画卷连串翻展，

颤动里纷飞，

无措中张扬。

它是国土，

是秘密。

它令我成王，

是光。

甚至对你，

我都吝啬讲起。

即使那颗沙砾是你，

我都沉默不语。

囚

若是定有一个要伤心，

为什么要是你，

不是我？

我捧着碎裂的心问自己，

不是爱吗？不是确定爱吗？

要是定有人要伤心，

为什么不该我承受？

你轻快不好吗？

不是爱吗？不是确定爱吗？

我被交还给世界，

丢下了我，

还予我自由。

为什么要伤心？

我捧着碎裂的心。

拒绝狭隘的困束，

开启找寻不好吗？

为什么要伤心？

不是爱吗？

不是确定爱吗？

暴雨后，阴云退，

还天以空。

即使是白云，

也不够彻底，

空总在云的上方。

心啊，

不是爱吗？

不是确定爱吗？

透彻的空和爱仍在那里，

为什么仍要哭泣？

贫瘠在我心里，

哪怕是富足的国王，

也会像丢弃的孩子，

有了自由也拥抱不了世界，

眼泪不是为爱而是为我，

苍穹下，

我囚困了自己。

失败赞

每一次失败的爱情，

都是一枚勋章，

标志着无功利地爱过，

证明前缘已了，前债尽清。

现在请平复我所有的伤痕。

疼痛曾在此处落下纹路，

在这烙痕之地，

请开出鲜美的花朵。

每次愚钝彻底的失败，

都是伟大的至高无上。

那是荣誉，

爱的世界是失败学。

倒影般的颠倒，

属于上帝的美学。

看那火红的碎裂和疼痛，

鲜血热烈拍打着管壁心岩。

只要活着，就是爱着，

就是勇往直前乃至万劫不复，

仍要赴汤蹈火并毫不迟疑。

那是血在呐喊，心在呼唤，

英勇的战士被爱人刺穿。

那些失败的战役，

都是勋章，在神的国度。

这些英雄热烈地爱过，

由此热烈地活过，盛开出璀璨。

这颗心也不曾辜负过使命，

久居黑暗仍对光深信不疑，

随之起伏荡漾，呢喃间叠颤消失。

爱，失败即成功，它的奖品在天国。

和

解

总是第一时间和世界和解，

因为知道天地不仁。

哪怕我即刻死去，

他仍会阳光灿烂美丽异常。

总在第一时间和世界和解，

因为他比我顽固，残酷。

完全不在意，

即使我血流如河，白骨化地，

他面色无改，

令这场格斗，毫无意义。

人啊，终是只能跟爱你的人

撒娇打诨。

总是第一时间和你和解，

因为知道时光短暂，

最终的最终总会分离。

桃花啊，在变淡，变浅，

再不微笑，就白了落了。

由此苦都甘之如饴。

换个地方再去怪你怨你，

冷绝之地更宜精打细算，

久躺无趣分毫都可计较。

人世间，

还是第一时间和解吧！

嫉妒

月光洒满海面，
沙滩潮湿而忧伤。
心心相印，
却无法相互辉映。

终是被遗落了，
终是月光随水波荡漾舞跃，
终是空旷呆滞地发着呆。
在这美妙和谐中，
滋生出不合的情绪，
喧嚣的噪声。
于是遗世孤立，
于是佯作镇定，
于是一言不发，
闷不作声。

贪慕

冬天，贪慕这抹阳光，

还贪恋啊，你的温柔，

一丝入骨的绵情。

当你的唇，贴向我的，

即刻，恰好艳玫盛开。

月白天也陪伴太阳，

快乐就该如此久长。

当你的身俯向我的，

如此迁就却又险迫。

心雷鸣似鼓，难辨

是相邀还是求拒。

漫漫长夜慢慢厮耗，

令夜饱满得像黑葡萄，

剔剔透透闪亮发光。

发丝眼底的神采，

唇角的微笑。

曲曲绕绕的痴缠，

这刻想来都好。

贪恋在心织起了茧，

点上灯，在这隐蔽的家中等你。

或者你不会再来，

短促的才是快乐。

呵，我们既然能够忍受，

一天的废话，

半世的辛劳，

一生的无趣，

欢畅，不该暮暮朝朝？

长长久久，想来也好。

天涯海角

你曾让我相信天涯海角不是距离。

热切地奔向你，无视位置阻遏，

你，又让我信了天涯海角。

悲凉的是，即使心滚烫如烙铁，

岩浆般融合亲密，也会海角天涯。

这是人为还是天意？天涯海角，

就是竭力走近，却擦肩而过，

就是百转千回又阴差阳错。

爱意是那零落的苇花，

比白鹭还要短促。

颤波中现出掠去的影，

又被风打散，一同飘落，

零落绽放间就已天涯海角。

没有言语，没有祝福，

顺从天意，又泪流满面，

违天逆命，却沉默不语，

天涯海角已是海阔天空。

遗珠沟涧中飞舞，

忆起那日的眼光，

已泪流满面。

遗落

何必介怀，无须这样。

久远地找寻不是因你，

不必欣喜无措，辗转难安。

它和你无关，和明暗无关，

和殷勤寡淡无关。

只是那一年，

那一天，

那一次的偶遇。

那个穿红色球衣的年轻人，

在那浅蓝色的一抹柔情中，

在那刻不慎遗落了某物。

年少抛人容易去，

可是再顽强再决然，

又有什么用呢？

漫漫时沙，慢慢湮没，

世界，风化你我。

可是啊，于事无补，
怔忪时，觥筹交错间，
喧嚣的人群中，
都能听到我的心，
在另一处跳动，
生疼的孤寂。

我只是在查找我之物，
与你何干？

感动 /

如果不能令神动容，

我要悲伤何用？

信过一滴泪可以融化冰河，

尝试过舍弃自己的拥抱，

没能温暖世界，

只是让我变得寒凉。

我宁愿喷洒全部的赤诚，

将孩子气的天真任性演绎。

流星划过的时候在想着什么？

如同从空中坠落的人，

多么任性又多么悲伤，

毅然投身于虚无。

如果不能让神感动，

我要悲伤何用？

单薄的眼泪，无法穿越沟通的藩篱。

徒然忍受着残酷的淡漠，

疯癫血祭无改的亘古对峙。

献祭与否与你毫不相干，

盛开或凋零，

都是枯萎在你怀里。

你宣告着宇宙的意志，

苍凉而决绝。

悲伤何用？

我何用？

流星坠落，烟花盛开，

蜷缩过的冰雕悬崖，

都曾在瞬间被触摸过。

我那无谓的热情，

也曾带来过温热。

而今抖擞起全部的热情，

仍要炙热地相信，

这玲珑的翅膀，

也扇动过神的眼睑，

那层层叠叠旋转的花香，

也迷醉过他的酒窝。

我的悲伤映照着人类的悲伤，

人类的悲伤映照着无动于衷的宇宙。

无动于衷，正是神的悲伤。

其实，我早已温暖过你。

牵牛花

牵牛花是寂寞的家伙，

像你般细敏无言。

明明可以笑得没心没肺，

却常收拢闭嘴。

我曾叹它娇憨，

张大嘴巴笑得灿烂。

你却说它叫朝颜，

只为秋晨盛开。

留心细看，

果真如此，

秋晨开放，

晚上紧闭嘴巴，

灿烂得如此明察。

你似牵牛花，

牵牛花似你，

何时遇见你的晨光，

方能令你展颜？

复活

然而我的心竟不起波澜，

你的爱情也不能将我刺伤。

然而皑皑白雪，

已不能再霜染我的发。

冰雪已先前冻结过我，

冰冻中，

血液如万条冰河回向西方。

死寂里没有气力，

水化金剑终结自己，乃至忧伤。

几个世纪或者刹那，

冰点越过冰点，悲伤耗尽悲伤。

向东奔涌，

万丈春意直逼太阳。

然而你已不能，

再冻伤我。

当我携满春意，

向你走来。

任你不能融化，

任你背弃舍离，

这是爱，也是自由。

当我蹚过忧伤的冰河，

越过皑皑孤山，走向你，

不要怕，

无论怎样，都没有伤害。

那跨过的忧伤啊，是我们的。

雪山是我们的，

你的寒寡，也是我们的。

复活了，

然后，我来了，

于是，春天来了。

春的讯息

冬天盛开的花儿我都喜欢，

星星点点，

也温暖了我的眼眸。

零落在树上欢唱的鸟儿，

你们令我多么欢喜，

让我对春天深信不疑。

焦黄的叶啊，

你在信笺里抒写出热情，

死别仍盛开着凋零。

冬将热情归隐于心，

安然，等待着

春的脚步，不慌不紧。

霜降，大雪，

那也是春的讯息，

用肃穆低沉的嗓音，

吹出了春的旋律。

心不知道别离

我万分害怕，就此死去。

无尽亲吻，无尽深入。

点燃我，用你颤抖的热情。

红枫，在冬夜里燃烧。

月夜啊，

你是那圆满的美好，

是那还在期冀的梦。

月光中呢喃祷告：

它们还在我身体里滚动，

跟随血液不曾远离不会消失。

眼中流下的泪花，

是辉映呈现的光。

它们让盛大的太阳照旧升起，

即使在这寒凉的冬季，

仍足以温暖世界，

足以让人对明天深信不疑，

足以让人奔赴并毫不迟疑。

现在我万分害怕就此离去。

亲爱的，你已在这里。

心，它不知道离别，

心，它不相信离别，

任性用疼痛，拒绝着分离。

还有，还有，

太阳光每刻都让人柔软，

就连一颗星也能带给人期盼，

这是心，它暖化了世间，

柔软了线条，

让我们对世界充满眷恋，

并深信美好。

放弃

你不知道让我放弃的是什么？

是穷人口袋里唯有的食粮。

是生命中仅剩的盐巴。

是那串起来的欢笑。

你斥责我的不知悔改，自私任性，

却不知道那是什么？

那是盲人的向导，

那是跛脚者的拐杖。

不知道那是我的仰仗，是骨架，

支撑住我倒塌的绝望。

你们指责着我的紧抓不放，

愚蠢地抓住你眼中的平常之物。

你们让我放弃，却不知道它是什么，

对于我而言，它是什么。

小丑的尊严

女神，你且坐着。

当你颦眉忧伤，

我要给你煮一杯咖啡或调杯酒。

无论你要什么，

我都小心伺候并全心全意。

你且喝着，来看我卖力的演出。

笑话哑剧竭尽所能，只要你能笑，

微笑，爆笑，取笑，讪笑，

只要你能笑，这就是我的使命。

烽火戏诸侯，赔一个江山。

我没有江山赔你，

只有用尊严作地毯，

恣意踩踏随你高兴。

我兀自闹着，惮尽学识才干，

绞尽脑汁费心卖力。

笑，是我要的唯一的奖赏，

其余的恩赐，我一概不要。

这是小丑的尊严。

我要驱逐乌云，以及你世界的阴郁。

只有置身黑夜，才心疼黑色，

伤痕累累才知晓疼痛难忍。

我要你完好无损且快乐无忧。

不，不要奖赏，任何

丝毫的奖励，

都践踏了我的尊严，

爱给予我的尊严。

联系

　　每一天我都想要与你联系，

　　每一天我都没有。

　　每一时刻我都想要与你联系，

　　每一时刻我都没有。

　　就这样走着，

　　就已走向晨曦，

　　向着美好飞奔而去……

取悦

不知道如何取悦你。

讨巧是门功课，

需要天赋。

经常会错意，

要的是雪花，却送去暖阳。

取悦，仅这个能令我欢喜。

即使千山万水，历尽艰辛，

也似夸父般的虔诚。

取悦是天赋，

还需要缘分成全。

无论怎样，都能令你开颜，

这出自你的爱，

那是我无法探究的海底。

无从取悦，无可打动，

却笨拙奉上我之所有，所能。

所幸，爱毫无要求，

欢喜就已足够。

无论是谁给予的，

都能让爱笑盈盈地

弯下腰。

骄傲的卑微

很多时候我喜欢卑微，

那让我相信爱情。

它有种臣服的姿态。

很多时候我喜欢骄傲，

这骄傲里漫溢着臣服，

保持独立却献祭自己。

爱卑微得好似压弯了腰，

却天真痴傻得笑意盈盈。

那时候我知道他是爱的，

臣服来自那满腔的爱意，

心底的柔软。

那时候我信了神，

他在前方大张着怀抱。

这样的爱慕打动了我，

骄傲的卑微，痴缠的天真。

终是渴求有人因我卑微，以我为荣，

在那淹没的时光和流沙的红尘中，

那姿态，

让我有勇气大步向前，

让我可以飞奔而去。

终是渴望能有这样的人，

像朝霞中的牵牛花，

独立骄傲，卑微平常，

不那么精明，刚强善战。

不再期盼找寻了，

扭过身看着你。

我愿意以那个姿态，迎接你。

你啊，只需记得，

我在这里在前方守候着你。

即使你看不见，

就像雨天看不见月亮，

也要记得，也要相信，它在。

我也在的，且笑意盈盈。

迟到

姗姗来迟，你
仍未至。
夜，已来到，心
透凉。
风来，雨往，催促催促。
未到的你，
难晓，等待的腐朽，
这头是怕，那端是焦，
中间是焚心的
期与绝的摇摆。

终是未到。
你不懂等待的腐朽，
或者是我不懂，
你的艰辛。
走进我，仅需一步，

却要披荆斩棘，鼓足勇气。

推开门，只是抬手，

却要抵抗住所有的迟疑。

阴暗死寂里有一星之光，

未能照亮，不能鼓舞，

容请继续聚集，

直至能够抵达，

即使这刻已沧海桑田。

相聚的不是你我，

而是心的和解。

罢

作罢的念头，

再次涌起。

咸涩的海水，瞬时漫溢，

涌向空洞的胸膛，

虚竭的我，被冲甩出。

藏匿，不应。

这刻，

你若来，只是空旷只有寂寥。

怔忪片刻，

佯作若无其事地走掉吧。

留下清晰的决然，

明晃的刀，刻下伤口。

这样的作罢，

足以令我恢复气力，

起身前行。

罢了，罢了，

来用你的薄情，

成全我的寡信。

非凡

在我看向你的时刻，

你是仅有的唯一。

那满间都有的身姿有什么要紧，

随处可见的平凡也无关紧要。

当我看向你的时候，

你要和我一起相信，

你是天地间唯有的独一。

因为这一刻我爱你呵，

这爱成就了你我的非凡。

即刻起，

我们都已不再相同，

只是唯一。

弃离

终于还是厌弃了。

终于还是道别了。

终于的终于，

我们分开。

肃穆成

你，

我。

独立如城池，

陌生与宇宙。

与浩瀚的星空更近，

遥过远古大地，

谢天谢地。

孤寂透着亲切，点头示意，

它容纳了我。

安然中无察它的凉薄，

因为寡淡探究过更深，

冰冷在亲近中曾冒着烟。

凉寡伤人至深，

再次谢天谢地。

活着

没什么，还活着。

若是分离无可避免，

也并非无可忍受。

无非是拿走光，让黑夜降临。

无非是刺穿肺腑，

让疼痛弥久常新。

若是分离无可避免，

没什么还活着。

黑暗中径自独行，

再见并永世不见。

励志决绝。

我不怕黑，

却怕光是虚晃的错觉。

那可真令人肝肠寸断，

却又像个傻瓜。

太阳底下没有新鲜事，

棋逢对手是生猛狠戾，

是被刺穿，伤口永世不愈。

太阳即使此生不复再见，

我也认赌服输，

并相信太阳定会升起。

爱已拿走了我的光，

不能再拿走我的信。

隔绝

好似下一刻就要错过，

如此慌乱。

如同瞬间，倾失了所有，

满盘皆输，全军覆没。

你不是我，不懂

我的急切恓惶。

如同我逐不出你的忧伤，

它们隐匿在心底，

徒劳地擦拭过，

怜惜置底，眼泪

却仍在，顽固又执拗。

怀抱已这般盛大热切，

仍有残冷，抵抗消融。

这盲目的爱，热切的心，

要驶向何方？

惶惑的你，急切的我，

各自沉浸，顾自沉吟，

无察，水波声声，月照江明。

何时，爱能如这澄净的明月，

带领我们穿越，这隔绝的云层，

共入此时。

月色溶溶间随爱荡漾信步飞扬，

我知道那儿将没有忧伤。

到达

醉时傻傻的，醒时癫癫的。

还是想要轻快的单纯，

即使信任会蒙受损失。

还是想要绽放的笑颜，

即使傻到不堪一击。

不再接受任何建议，

凡事自己细心深思。

不再相信成功人士，

他们的眉头更为紧锁，

还是要找到我的旋律。

有一片天空，

它深邃宁静。

我要扶摇直上，即刻抵达。

有一种情怀，不争不比。

年长的我懂得了，

它不是出自卑微，而是久远绽放。

我相信，我能够发现的时刻，
就是我已经到达的时刻，
自信只有抵达才能拥有。
那刻我拒绝了，允许了，
那刻我从未发生，
却久已存在。
万物静悄悄，
美得出奇。

奔赴

需要某个人表达某种情怀，

绽放了就要拥抱春天。

需要某个怀抱表达热忱暖阳，

这个季节里荡漾着春意。

只需一个微笑，一个默许，

就百花齐放，全然盛开。

你出现了，

意外的，必然的。

惊动起的情怀，

是那空气里翻滚的暖阳。

我走向你，

大步地无畏地执着地，

像是不前进就要死去。

那姿态，

是勇往的爱情，

那爱情是对生命的诠释。

是的，走向你，

只在抒表一种情怀，

我爱啊，无论你，无论世界。

绽放

曾经以为，你若经过，

我必绽放。

灰姑娘在那一刻，

脚踏水晶鞋，发动南瓜车，

那一刻的绽放，倾倒众生。

时光剥蚀，虚脱如我，

需要凭倚，才能绽放，

等待，却是那么腐朽。

太久了，足够了！

还是绽放吧，

就在此刻！

不必管你。

不管世界是否温柔，

不管月色是否深沉，

晴朗还是阴雨绵绵，

绽放吧，此刻！

不管你和世界，

是否能听到花开的声音。

晾晒

快晒出被子，不能辜负太阳。

晒出枕头驱逐黑夜的噩梦，

还要晾晒那颗失落潮湿的心。

太阳出来了，已没有时间哭泣，

艳阳高照下，已没有时间思量，

快来欢乐地晾晒，

享用这盛大的太阳。

恣意跳舞恋爱并抱紧你的情郎，

尽可能地甜甜蜜蜜。

红日西沉热力渐退，继续歌舞吧，

趁着夜幕还没降临，来得及庆祝。

黑在悄悄聚拢，终于盘踞不散，

死神可疑地微笑着。

霎时烟花点亮夜空，

曾经的放肆让生命成了场庆典。

晒满暖阳的心，

毫不畏惧地奔向死神，

如同走向久违的情郎。

晚宴

把仅剩的稻谷给我，

日暮西沉。

别躲闪，我不嫌弃，

快把稻谷放在我手心。

已经来不及种植收割了，

天色已晚。

恼人的客人在敲门，

使得我们心慌意乱。

急促中，你打翻仅剩的酥油，

指责声中，

凌厉的风，熄灭了最后的烛光。

门外还在敲着，是希望，还是绝望？

糟糕至极。

夜还是如期而至。随之是明月高升，

黑暗中月光倾泻而入。

轻轻扳转着熟悉的身体，

头温顺地埋入肩窝。

别哭泣了，没有关系，

错误已经结束。

轻抚着你凌乱的发，不再管门外敲声急促。

皎洁的月光下，你饱满而安宁，

已开始有条不紊地煮着米汤。

偶尔你的眼光被我捕捉和我交织，

这一刻天使在唱歌。

我们慢条斯理喝着米汤，

就像国王般享用着晚餐。

手拉着手，我们一起迎接客人，

没什么要紧。

开门前，你羞涩地低头，又决绝地抬起，

不死不休地凝望着我。

我已经知道了，

这趟旅程我如此富足，

而"我们"就是富足。

结局

分不清楚，

你是走向我，还是远离，

是离去还是走近。

分不清楚，我是该欢喜，

还是忧伤，又或是悲戚。

我站在这里，此刻，

迎接着命定的结局。

走向我，

为此你坚定了信念，艰辛跋涉。

背离我，为此你犹豫过，

百转千回。

在我的世界里，我通晓了你的存在，

读懂你的苦乐。

我们游离惶恐，又渺茫悲伤，

大步离去，也奋勇向前。

因此无须道别，不须解说，

无论背弃，还是贴近，不要客气。

分不清楚，不劳分清，

只须等待。

终会有的聚首，

命定外的永恒。

学问

我不知道怎么相爱，

只知道怎样离别。

相爱里只有好，

一切都好。

暖洋洋懒洋洋，

雨也别样有趣。

你好来我好去，

软软侬侬，依依漾漾，

怎样都好。

我怎么知道相爱，

哪里又需要知道。

离别却生硬突兀，

一剑刺去，

永不复生。

行刺是学问，疗伤为修行，

怎能不懂，怎敢不懂？

若不懂，那毁伤，

会令人永世不安。

爱，曾经那么柔软，深浓，

我无法对它不起。

对错

做错过很多事情，

只有一件是对的，

遂得到了你，得到了世界。

若你也是个错误，

那么我做对过很多，

身后还有无数正确。

不管错误或正确，

世界还是这个世界，

省略号是我们，

可有可无。

没有我，就没有对错，

没有你更无从是非。

原来，终是我错了，

是非对错，

也只是受限偏颇。

庆幸遇见你，
当我明白之时。
已浪费太多时光，
原只在抽丝作茧。

责 备

还在嗔怪，就该别离，

责备未完，已然道别，

分离，令责怪毫无意义。

泾渭分明，你之路我的道，

好坏，终究与我无关。

其实本无干系，

只是无意识中，认定你是我的。

我都不属于我，何尝是你，

如露似电，生成消散身不由己，

何况是你？

缘来只是为了相聚，

却只顾着修正。

为了念头，误了尽欢。

此刻，开始学做，

小儿无赖。

发呆，闲散，

放空念想，

我也能够剥得莲蓬，

获得自在。

保护

蜗牛的壳有什么用？

还不是被踩碎。

螃蟹的钳有什么用？

还不是被撬开。

心藏得那么深有什么用？

还不是被捕捉、撕裂。

我们都曾以为有用，

都曾经信任过太阳、路和风。

剥夺它生命的是道路，

那条洒满光斑的小径，它曾漫步。

欺骗它的是钳壳，

它以为能保护自己。

已经这般得天独厚，

小心谨慎，

我们仍然碎裂了。

风说"最后他们道歉了"

无意识有目的的伤害，

道歉就该化解。

我们却都在沉默。

不是在等待公平审判，

这是理论空洞无用。

我们只自顾自，埋着头，

弓着身，竭力抵抗着，

这生猛剧烈的

疼。

分离的真相

你说"这刻要忍住忧伤"

眼泪没有滑过脸庞，

却在心里流淌。

你在这刻道别，

手臂沉默地隐忍，

连同要拔起双脚。

"这是必有的离别"，你说，

听凭我们错失彼此。

发生了什么？命运，

为什么定要别离？

罗列，解释，

厚重的说明，

数量上足以

镇压住彼此的身心。

这是你的意志？

你说"否然"。

却任凭硕大的解释，

穿透瓦解渺小的我。

在你的意识里，

我被淘汰出局。

意识意志不会出错？

道理也会狭隘片面。

抑或我们想要分离，偏爱忧伤，

那坚固的硕大，不是解释说明，

而是我，障碍般的存在。

渺小的不是我，

而是所有的解释支撑。

你说。

真相无法被找寻，

只是片刻的意识。

流动的想法，

下一刻就会改变。

不听你说，不管离别。

忧伤若在此刻，

就融化在忧伤里，

这是唯有的现实。

宠爱

你曾对我小心翼翼，

照料有加。

实则是我小心翼翼，

维系你的滋养。

美好优雅赢得关注，

明达自制摄取爱慕。

世界因你的垂赏，

对我温柔以待。

曾小心翼翼，获得你悉心照料，

精工巧作，难以为继，

夕阳西下，

断壁残垣。

也罢，换我来，

用温柔的姿态容纳自己。

全心且专意，

如情人般善待自己。

由此世界变回了敞开的姿态，

由此大声呐喊，大口喘气，

也不会惊落爱情。

叫停怠慢卸退拒绝，

小心翼翼疼宠自己。

一线生机

总会好的，疾病。

如抽丝般慢慢好起来，

即使很慢，但是会好。

春天总会到来，

有时貌似遥遥无期，

会延误却终会来到。

疾病是苦厄，春天是希望，

我相信万物中自有

一线生机。

"痴人，那死亡呢？"你问。

是啊，死亡呢，该怎么办？

彻底的孤绝冰冷，能怎么办？

我无从应答。

若定要回答，

没有我万物仍生，就是答案。

生机在我之前，在我之后，

你我都是过客。

中秋夜

忽然有种悲凉的发现，

我永远都无法被人所爱。

这念头如此凄凉，

让我踉跄不已，

跄步连连，

甚至不敢分辨是念头还是预感。

瞬时打起精神，一扫颓废，

我要去爱人，

爱路过的每一个人。

就像阳光要舍弃你，

你要死死地抱紧它般，

这个世界诚然可以不爱我，

我却不能不爱他。

没有拒绝

没有拒绝，不等于迎接。

没有阻止，未必就怀有爱意，

有时只是懒于应对。

爱情里，拒绝是残酷冰冷的刀，

切断联系，泾渭分明。

是黑暗光明间的距离，

透彻绝对，没有混淆。

可是未拒绝，却不等于迎接。

混沌的此刻，海天界线模糊，

不是海，不是天，

类似却绝对不是。

沉默已经表达得足够清楚，

分外清楚。

无声的回答，

体面而清晰。

决定

这一刻，我决定，

要好好爱自己。

即使你不爱我，

心上的你啊，要远去。

秋风中望着你的背影，

缓缓，从林间小径走出。

分明已带走了阳光，

太阳却还穿透树叶，

继续燃烧金黄。

青草仍是柔嫩的，还有着新绿，

黄叶在风中飘零，又铺满小径。

这一刻，

还是决定，好好爱自己，

即便如此，凋零的自己。

你走后的冬季，

冰天雪地。

看着无叶孤零，

却仍笔挺站立的树干。

呵，亲爱的你啊，

我还爱着自己，还在爱着。

这是你没能带走的。

然后，整个隆冬，

也有着盎然的春意。

爱情

当爱情沦落成谁爱谁，

就成了谎言。

我们曾经爱得不知所以，

不知所谓。

时间似风，

兜兜转转它不止息。

终于，被空洞吞噬，

悲伤肆掠。

这刻我们全无力气，

如同搁浅的鱼。

谁在爱谁？

不再爱你，

因为你不爱我。

计较得如此干脆。

我们感天撼地的爱情，

不过是月下独舞，

宣泄感动自己。

爱情沦落成谎言，

你我已是天涯过客。

其实最初，你不曾爱我时，我也爱你。

其实我爱你，只是以为你爱我。

其实没有过爱情，

只是那迷惘，似风似网。

那时节，正值樱花盛开，

陌上的少年足够风流，

那刻明眸，风华激滟，

斜眼探问间，被击中。

呵，我们终是要爱着，

无论爱是什么，是谁，

当爱经过，即刻死去。

现今假装活着，活得了无生机，

冰雪中我埋葬了自己。

……

某刻，

破土而出，

豆蔻初绽，春光大好。

失之交臂

即使错过一年，
又有什么关系？
哪怕错过十年，
也没有关系。
一生终不会再见，
也可以忍受，
接受。

如果注定
是被错过的那个，
不会被找寻。
那刻正在发生，
我该哀悼吗？
那刻已经死了，
我还活着。

那刻已被错过，

再错过这刻的我，

也没有关系，

只要幸福，

不管谁带来的。

只要在这个世上，

我们还能开怀大笑，

还能心旷神怡。

这样很好，

这样就没有关系。

天使

我不是画家，无法临摹出影像。

显像的图画，客观真实，

足以打动人心。

我说你是天使，无人相信。

他们无法看到，

你微笑时闪亮的光彩，

眼底点簇的火焰熠熠发光，

扇动的蝴蝶栖息在睫毛里，

嘴唇是通向另个世界的入口。

因为我不是画家，

无法用笔客观拓印，

若把我的心剖开，

拿给他们，

他们定会看见，

天使在你身上藏匿。

阳光灿烂

这里阳光灿烂，

波光粼粼。

由此我深信，

你那里定然也是如此。

阳光不会只属于我，

太阳也是你的。

这里春光明媚，

万物生长。

你那里定然也是这样。

生命不仅属于我，

哪里都是相同。

我在这里爱着，

爱着明媚阳光，

世间万物，

爱着他也爱着你，

你定然也是如此。

蓬勃的生命，
让我们爱着，
无论是谁，
无论对谁。

我在爱着，
你也是这样，
即使不在一起，
但都没有辜负，
共饮着一江水。

手表

宝贝手背上画着表，

他一定喜爱表。

嘀嗒作响，偕同时间，印证着时光，

向他走来，

让他成长，健壮，顶天立地。

时光在他面前无限展开，

任何惊奇的可能都有，

任何美妙全部囊括。

宝贝手上画着表，

他等待着时间带他走过，

他无畏欢乐。

他不知道同样的时间，

却让我战栗。

嘘，

不要告诉他为什么，

这就是生命的奥秘。

我祈祷着：

我能用时间画出一条大路。

不再老生常谈，不再焦虑恐慌，

一如最初的无畏欢乐。

那才是简朴的环形，

那样的爱才没有残缺。

不像现在，我爱你，

却爱得这般忧郁。

我们都被爱过

你也曾被人爱过，
被深情得抚触过。
宠溺的眼神，也曾
于凝然中将你融化。
也曾有人爱过你，
胜过自己的生命。

你曾被人深爱过。
阳光也照耀过你，
哪怕现今腐朽斑驳，颤颤巍巍，
羸弱的身体，也曾被光镀金，
在风中奔跑，激惹过光、音乐和抚触。
终是停止。缓慢，戛然而止的
各种终结。

秋风中颤抖的枯叶，

残败的花儿。也曾

闪耀光间，承欢风中。

那萌嫩，这娉婷，也曾

引来赞叹，招来群蜂。

而今招幡般挂在枝头，

行将就木，残败不堪。

它们也都曾被深爱过。

太阳照耀世间万物，

也曾馥郁过你，

暖化过他，

只是现在徒剩苍凉。

停止遗憾吧，起码还被爱过。

时光匆匆，

鲜亮带来的鲜亮带走。

肯为腐朽黯淡停驻的，

是那自性中的永恒之光。

完整

想摘枚枫叶送你。

霜打后的红叶殷殷如血，

夹在泛着墨香的书页间，

无意中翻见，你会有怎样的惊喜？

阳光下细选了许久，

终是没有找到完好的一枚，

都有着各种瑕疵。

仍是那么美艳动人，

细察间瑕疵令人心疼。

相同的千疮百孔连同我，

生命给予的瑕疵都是相同。

那是经历和疼痛，真实完整诉说着

各自间的故事。

怜惜让我无功而返。

雪鬓霜鬟，已开始令我敬畏，

当它还能绽放出纯真的线条时。

再往后

再往后我再也没有见过

那么悲伤的眼睛，

没有眼泪，却让人心碎。

我再也没有透过一双眼

看到过悲伤，再也没有

为一双眼睛心碎。

树木只是倒映在水里，

影像却异常清晰，

如同我倒映过的悲伤。

那刻我空心如环，

你的悲伤笔直向前。

心碎的不是你，

不只是你。

再往后我经历过万丈深渊，

并泥足深陷，无力自拔，

千疮百孔间疼痛在炸裂。

我却再不曾见过悲伤，

再没有透过任何眼睛，

看见过碎心。

那刻后我心扉紧闭，

再没有敞开。

西风集

镰

刀

我的悲伤像把镰刀，

割光了希望的幼苗，

割断了即将绽放的花蕾。

那是沉甸甸，即将收获的幸福哟，

被冰冷的镰刀收割。

分崩离析的不只是疼痛，

还有塌陷的世界。

无力地瘫卧在地，

萎靡靡顿，且就要死去。

太阳啊，舍弃我，

如同诸神将我抛弃，

将我罪犯似的，交付于绝望的腹地。

悲伤像把镰刀，

割伤了我的身体。

不只是疼痛，

还有无法呼吸的窘迫力竭。

镰刀割光了我的勇气，

迫使我直面死亡。

在我最虚弱之际，

你背弃了我。

曾深信我是你宠溺的幼子，

这时悲伤像把镰刀，

割穿信念终结了我。

尘封于地狱。

哪怕亿万年，还是会起来，

永世沉沦只是想象。

当白鹭从水面掠过，

张开的翅膀里，饱含雪白的纯真。

人的无奈在于，

即使被抛弃，即使哭求无门，

即使恩赐从未降临，

责怪放弃毫无益处，

神将在虚妄中置之不理，

如同赞叹恳求一般。

痛哭绝望，崩解中，气力逐渐恢复。

仍是要去热爱，去相信。

冷酷的爱人，从不能让爱情枯死，

漠然的阿波罗也不会让希望灰飞烟灭。

让希望不朽燃烧的是生命，

是生命里张扬的天真痴信。

路过

路过夏季的柏油小路，

它坚硬、发烫、危险，

它横在泥地中央无可避让。

路过的蚯蚓侥幸逃脱，

或尸身僵硬干瘪，

或被压断碎烂。

生命无处可逃，

总要出来行走。

总有着命定的路障。

我不是探险家，也非勇士，

并毫无信念。

我只是沿循着生命的脚步，

任由命运抉择，

我只是路过。

壳

茧包裹着蚕。

蜗牛有背，

核桃有壳，

柔软的都有所依仗。

曾经的我，

也躲在胎盘下，子宫中，肚皮里。

躲在那里不发出声响，

不去思索，不去呼吸。

水曾是我的家，

气曾是致命的，会令我丧生。

曾那般脆弱，要仰人鼻息，

随时会死却并不慌张。

我也曾那般淡定地面对

各个威胁生命的恐怖事件。

我曾那样存在过，活过。

当肺开始接管生命，

独自呼吸时，

伴随着那刻的哭声，

梦就惊醒，

就开始独自探险，

并自负盈亏。

姿态

有的时候，我害怕自己不够柔软，

不能贴近世间的温情。

有的时候，我害怕自己不够坚强，

不能抵抗、战胜风暴灾祸。

有时我笔挺地站立，

有时我温柔以待。

在世人间，在事物前，

自由切换，游刃有余，张弛有度。

此刻，我害怕

我会弄错了方向，摆错了姿态。

该柔软的时候，坚硬冷酷，

该顽强的时候，软弱退却。

到底如何才能绝对正确无误？

是否存在绝对正确无误？

这些我无法回答。

只是若有一种更接近真理，更贴近神，

柔软啊，我宁愿是你，只有你。

柔软，那是心的去向。

自由

自由不是种依附攀着，

自由是种无畏的独立，

是时刻的前行，

是隐忍，

是种时刻外的超脱，

是离群索居的大胆，

是遗世独立的孤傲，

是对世间万物

谨小慎微的关切，

更是终结在时光外，

忽略时间的沉寂。

自由和天地一起，

在死亡之外。

死火山

不能因我现在的死寂，
就质疑我曾有过的热烈。
那岩浆曾燃烧过我，
湮没过这个世界。

不能因我现在的低沉，
就怀疑那曾有过的沸腾。
滚烫之血迸发过，
并灼伤这片土地。

不要怀疑，
青春，
也曾在我心底，
喷涌爆发。

现今这沉闷的死寂，

是爆发过后的乏力。

消沉寂灭在这里，

苟延残喘，迟钝呆板，

听凭年轻火山来质疑。

时光只有你能回答。

你蚕食着他们，

任由着他们迸发火力，

渐渐寂冷。新鲜的

同样质疑你的活力。

沉寂的底层，是什么在酝酿？

等待着某刻

突然来临。

最后

最后一道菜容易剩下。

最后剩下的虾易起悲悯，

仿佛要留下一线生机，

仿佛要珍惜命定的福分。

小心翼翼，战战兢兢地

活着。

惧怕着命运，

在最后一刻，

给我致命的一击。

教育

小径有断枝，

横卧路中央。

满是花蕾，

已经做好开花的准备，

却永不能开放。

是谁践踏这种可能，

是谁这般残忍？

伸展的路边，

新栽了许多幼苗。

火红油绿分外可爱，

是谁种下这希望？

是人啊，也是人，

剥夺者，给予者。

建造却也毁灭，

残忍，悲悯，

都是人。

母亲，你是否爱过？
那炎热的浓浆是否曾
将你湮灭火化？
若否，就不要教育了，
教育的基石是爱。
母亲，愿你如粥般良善，
因为那是世界的温度。

花蕾的温柔

毛茸茸的罪犯，一脸蒙。

注意，此刻是犯罪实录。

他正啃食着花蕾，大快朵颐。

无辜的花蕾沉默不语，

这是剥夺生命的谋杀。

青天白日却无人在意，

花蕾分明消失了，

葬身他腹。

发现的人却还在赞叹可爱。

罪犯机灵抖擞，神采飞扬，

且毫无愧疚，

继续吃着跳着。

没人洞察这场谋杀，

花朵和松鼠都无辜到泰然自若。

最高视角无从觉察考证，

都只在遵循着自然法则。

当我拿起刀追砍莴苣时，

还有火红的番茄，那喷溅的血浆，

我对犯罪感同身受。

当我违背意愿服从规则时，

我对犯罪更深有体会。

我缄默不语，和犯罪达成一致。

只是，花朵，美丽的花朵，

你们是如此温柔。

我对一切植物充满感激。

柔弱，是你成全了秩序，

撑起了坚固。

挣扎

虾濒死的姿态

最打动人心。

弓起身，蜷缩成团。

内收环抱着的，

我知道，那是疼痛。

宇宙中，最常有、最无助的姿态。

充满疼痛，

抱紧疼痛，

又抵抗疼痛。

怎么会那么疼？

心的锐痛，肉体的钝疼，

迟缓的痛，尖锐的痛，

稀稀拉拉的痛，穿过身体。

徒身一人。

任何的支撑都是假象。

至亲的人啊，你疼爱的终是自己。

这么多的分离，这么多的疼痛。

我们如此相似，却又截然不同。

息息相关，却毫无关联，

蜷缩成一个个个体。

即使蜷缩得如此相似，

却又毫无联系。

截然不同，

各自分离。

春天也有落叶

万物向荣的世界，

也有凋零。

零星的落败，

被巨大的生机掩盖。

人们只注意到生机，

只关注大多数，

极少数个案被忽略。

我们赞美春天的盎然，

枯黄的凋落被省略，

如同社会只关注大多数群体。

无论如何，春天还满是生机，

大多数疯长的叶子感到认同，

嘶叫的猫、乱嗅的狗找到了旋律。

某些脱失的个体，

是煞风景者。

他们不属于群体，

不属于春天。

只是死亡，

它从不属于群体，

每个死亡都是个案，

都只在单独运行。

恰好

花在风中，

正当时已残败。

美是妖艳脆弱的生动，

风足以折断她的头颅，

某刻或被采摘。

恐慌中，

听到她正低吟：

"开过就好。"

人在世上，

有时艰难行走，

有时鲜衣怒马。

有的恣意，有的挣扎，有的死去。

颤抖的恐慌中，

听见生命在唱：

"来过就好。"

不是所有的种子都能发芽，

有的还没有来过。

那么，这样就好，

开过就好，

来过就好。

不用怀疑

不用怀疑，芸芸众生中，

我不会是最悲哀的一个。

不用怀疑，茫茫人海中，

你不会是最不幸的一个。

当然，你也不会是最幸福、最快乐的，

不会最好，也不会最差。

总有着千千万万个人，手拉着手，

给你作陪，垫底。

即使万一，你成了第一或者最后，

没关系，扭过头，

还有第二紧邻贴近，陪同着你。

我们可以共同，举杯庆祝，分享感言，

或者一同咒天骂地，一起共赴地狱黄泉。

不用怀疑，

我从来不是最，只在中间，

那中间里，喧喧嚷嚷，热闹非凡，人气十足。

那中间里有着平庸，那平庸里，

存活着人性、生物性、物理性，

有着平庸的悲伤、平庸的幸福、平庸的死亡。

不用怀疑，你不会是最，我也不是。

我们手拉着手，站在一起，

无处可逃。

宽
容

我不相信黑色，也不相信白色。

黑色的冷酷，白色的纯洁，

所有的界定我统统不信。

我信什么？

所有的相信都化成冷笑，

那蔑视里是对绝对的嘲讽。

黑色的温柔，白色的虚伪，

黑色的纯洁，白色的嘈杂，

在成长中一一见识。

于是我藐视所有的纯粹，

讥讽所有的绝对。

没有焦点的识别，

并非全无意义，

宽容，

就在那对立的缝隙中走来，

开辟出了天地。

缝隙

完美有着缝隙，再完美也有。

完整有着缝隙，再完整仍有。

察觉不到，就会身处梦境遭造化戏耍。

察觉到，就会生疑，清醒。

觉察是那黑漆漆中的眼，

如犀利的刀，

剖开完美、完整，

剔除依赖、依附。

断开时间，

直视

这缝隙，

是神的门。

南辕北辙

想要安静，噪声将你践踏。

想要入睡，失眠将你撑起。

想要关爱，想要欢愉快乐，

忧伤来临，深爱将你撕裂。

想要健康，疾病将你打垮或负重伤，

似乎建立，就是为了被摧毁。

想要成名，想要财富，

跟随在欲望身后，

小心谨慎，狂喜失落，

讨巧行乞，财富欲望，

将你践踏。

是谁卑微了身体，

是谁弯屈了脊梁。

明明是为了得到，

为何却丧失了仅存的自己。

明明是为了强大笔挺地站立，

为何那般狼狈，

这等卑微。

平息（一）

就这样苟延残喘。

就这样俯首卑膝。

就这样讨巧顺颜。

就这样息事宁人。

放弃伫立，

放弃抵抗。

平息事态，平息怒火，平息争斗。

飙风刮过，大地缄默。

秋杀肃穆沉寂的胸膛，

残木头颅已被甩出，

断臂，却仍朝天伸张，

叫嚣着残存的愤怒。

直至，冬的冰冻完结。

天地之灵，人啊，

也要有那屈服中的不屈，

用铮铮铁骨撑起天地脊梁。

平息（二）

飙风刮过，大地缄默，
沉寂。肃默的胸膛，
残木头颅已被甩出，
断臂却仍朝天伸张，
叫嚣着残存的愤怒。
自然这样平息不平，
平复着给予的杀戮。

行走在博物馆里，
那陈列的骨骼化石，
诉说着濒死的姿态。
抚摸着，
你已不再讲述悲惨。
愤怒它终是平息了。
那平息，
来自对演绎的厌倦。

顽固的姿态，

被顽固消竭，

平息了自己。

失望

我对世界有着深深的失望，
如同绝望死寂的冬季，
不可调节，不可和解。

我对世界有着深深的失望，
对自我有着憎恶的绝望，
无法调停，无法化解。

太阳，你无法将我照耀。
遮天蔽日的思想密林，
在沼泽地里无涯疯长。

挣扎困顿，湮灭死寂，
灵魂在地狱里轮回。
孤绝的黑暗中，
光无法进入。

只是，春天啊，

它来自这深深的失望。

阳光若不在我们的内心，

那么它将无处可往。

光只从这腐烂中升起，

思想雨林的深处，

藏匿着春天。

春天啊，

你是冬季最深冷的部分。

你来自这不可调节，

不可和解的绝望。

春天啊，

你是那最黑的夜，

孕育出的最亮的星。

光

我总在追赶光，
因为我的心装着太阳。
那炙热，燃烧驱动着我。

我总在追赶光，
因为这儿阴寂多雨，
需要捕捉那细微的暖意。

光，不能拒绝，
一星，足以。
足以质疑阴暗，质疑不公，
足以抗拒腐朽，抵挡伤害。
驱逐，照亮
所有遮光的一切。
因为，我们的心里啊，
装着太阳。

装饰

用链装饰腕、踝，

金银五彩，圆扁各异，

亮的暗的，在手足间吟唱雀跃。

用各色的衣衫，展现风姿，

填充知识，增添内涵。

食物，家居，一切

都应用心装饰，

神坛佛龛也需要装饰。

措辞要华美讨巧，

忌讳直率粗鲁激烈。

什么都能装饰，什么都要装饰，

尽心避开粗糙，竭力躲开凡俗，

心想装饰一切。

因为所有都是那么庸常不足，

那么贫乏简陋。

赤裸的心是这般胆怯，

生怕被怠慢、忽略。

头脑给予的经验，

已不再相信简朴之美。

人世啊，他热爱富裕，

热爱繁盛，热爱华贵。

心，久迎这品位，

已丧失赤裸之美。

和解

石杵里捣米。

炒黄的米粒，

在砸落的重力下躲闪。

因为疼痛而挣扎，

跳落了一地。

随着有序不断落下的重击，

它静默了，随顺了，

因为碎裂，摊开了安抚的心。

粉蒸肉是它的归宿，

那是所有疼痛、挣扎随顺、凝聚的点。

我的辛劳，也在此刻归零。

当感恩在品尝中升起的时候，

我和它在对立中达成和解。

它并不甘心被我食用，

如果它和我一样自负。

但是那和解，它也是期待的。

比对先前的对抗、仇恨、伤害，

谁都期待那温情的归宿。

尊重

拥有世界原来是个错觉。

任何的事物都是独立的，

万物只属于自己。

一棵草，一片叶，

也有着独立的自由。

在这样的意识里，

忽然警醒了。

什么时候开始？

自以为拥有了事物，拥有了世界。

意识里所谓的拥有，不过是消费、交换。

购买盆景，它就是我的。

认养宠物，它也是我的。

结婚了，他是我的，孩子也是我的。

社会认同他们从属于我，

认同他们被我占有、隶属于我的权利。

权利杀戮了独立、自由。

理所应当，血疡了爱。

生命被剥脱了，

丧失了它的尊严。

何时竟这么谬误，

漠视独立的自由。

自我，何时如此硕大顽固，残酷生冷，

丧失了对同体生灵尊重的能力，

丧失了对万事万物敬畏的能力。

何时开始？

自以为是地认同拥有认可权利，

无需明察对方的需求感受，

却仍高歌着美宣称着爱，

然后洋洋得意，并沾沾自喜，

无察世界万物的目瞪口呆。

亲人

亲人是亲近心的人，

是能听懂心语的人。

他有双悲悯的眼，

有双有力的手，

能洞察无奈绝望，

能懂得忧伤苦楚，

能用坚强有力的手，

捍卫道德的讨伐，

披荆斩棘托出一方净土，

让他休息，容他歇息。

亲人不是赞赏者，不是指责者。

不是恨铁不成钢，不是吹毛求疵，

不是疯狂称赞、时时拥护者。

亲人是用鲜活的心

去贴近你的人，

是用温柔的眼

容纳你的人。

亲人，不是身边的人，

是亲近心的人。

沉默吧，若是不能爱，不懂爱，

沉默吧，不要赞赏，不要指责，

让我们灵魂都歇息下。

既然已在身边，即便不可亲近，

就先停止伤害，

对话就产生误解，沟通就会引起冲突，

那请歇止吧。

闭嘴。

无论你或我，

无论是或非。

预演

预演，预演着自己。

预备，开始，表演。

大脑是他的舞台，

幻想为他插上翅膀。

准备表白，预演开始。

准备分手，预演告别。

预演婚礼，预演未来，

预演死亡。

大脑在幻想、假想

无数个场景，

预备，表演了，千万次片段。

在头颅隐蔽的舞台上，

我们自编自演。

抒写战曲，描绘爱情，

真相与现实，我们并不关心。

我们常常自说自话，

只关注着自己。

既是演员，又是观众，又是导演，

在自我的舞台，幻想的世界，

随着心境演出，喜剧，悲剧，

狂想曲。

时常惊吓住了自己，恐惧，

它也是我们的元素。

黑色，无可避免地会被用到，

我们也常预演恐惧，

称之演习，挑战征服。

我们是那么忙乱，

没有时间，

看着对方听他说话。

我们都在自说自话，

没有力气面对事实，

只顾着自导自演。

真实

被真假困惑，

何是真何是假？

曾经那么真切地爱过痛过，

现在生死无关，平静淡然。

爱是真的吗？若是虚假，

那跳动荡漾的是什么？

可以付出，可以死去，

心怎么会是假？

可若是真，那这刻，

冷淡残酷的又是谁？

因这疼痛如何信那真实？

海市蜃楼，是流动的影像，

一时一时。

这刻是真，曾经是实，

不必当真，下刻或会改变。

搞不懂真假，虚幻真实，

若是万象皆空，

生命的意义在哪？

没有出口的茫然。

相信的必将你摧毁，

倚仗的定把你抛弃。

即便如此，我仍然确信，

荒漠的背后，不会只有荒凉。

背后确有着什么，不会没有出口，

总有一线生机，神不会是残酷的。

找寻，找寻，找寻，

呵，这是自由，

荒漠背后的出口。

那是不倚靠，不凭借，独自地站立。

千年胡杨树，在沙漠开出花朵，

那花朵是它的遗世独立。

深深扎根下去，透过

那荒芜变化的砂砾表面，

无限刺穿伸展，直至触到海底。

那是累世残梦无意识的恐惧，

不要停止，继续探究，

直到梦开始的地方。

在那流动的变化中，

它参与变化，却从未改变。

随着意识，被探挖暴露平铺，

真实逐渐剥显。

真实，来自当下的完整，

流动——也是恒定的形式。

旋转的木马

有无数个人陪伴你寻找欢乐，

可有谁陪伴阴暗痛苦。

无数人被光鲜召唤，被美丽打动，

被优异条件吸引征服，

又有谁能分担落魄、疾病、惨痛。

大家聚在一起欢乐开怀，

黯然愁苦在黑夜、空洞里，

谁来分担？

我们在快乐的路上，

扎堆奔跑，相互陪伴。

试图遗忘痛苦悲伤，

试图忽略恐惧死亡。

斑驳点点，却又用力

绽放出鲜亮的花朵。

似乎奔跑着才能活得长久，

论证了方可活得欢畅。

旋转的木马，

不敢停歇，不能停歇，

生怕惊落了欢乐、鲜活，

生怕惊醒了阴沉、死亡。

我们回避着，视而不见，避而不谈，

拒绝面对，拒绝传染。

于是，我们只欢迎聚会，只欢迎快乐，

旋转的木马，

不能停歇，不敢停歇。

无用

无论怎样细心雕琢，

无论怎样顾自怜爱，

最后都要被打破。

无论是什么，无论被谁。

无论怎样坚固的信念，坚定的信仰，

捍守的规则底线，最终皆被颠覆，

粉碎撕裂。

无论是被谁，怎样的过程。

无论怎样，又无论什么。

无论怎样挣扎，最终都要平复。

无论怎样鲜亮，终要止于斑驳。

粉碎，消失，改变，变化，化灭，

精神，灵魂永恒刹那，

都在无用中衰微，都在无用中挣扎，

都在无用中消失，在无用中

创造着与有用的关联。

虚幻吗？却又冷酷真实。

碾碎我的，

不只是我的惶恐，

或者碾碎，只因怜惜我那惶恐，

只为碾碎，这惶恐。

呵，伤害在无用中衰微消失，

和解在无用中产生。

无序

似乎遗失了某个环节。

任何的遗漏忽略，都会导致祸患。

生怕遗忘某桩事情、某条讯息。

不再自信，无论对记忆还是幸运。

沉浸在琐屑里，惧怕疏忽，

生怕某个疏漏会携带不幸，

带来覆巢之灾。

如此惶恐，

好似任何差错就足以令我毁灭。

记忆如此模糊，混乱交错，

生怕遗失某个细小重要的点。

不相信记忆，不相信如此琐屑，

如此惶恐，如此无序的我，

更惧怕的是上帝的疏忽。

被不幸的信息事件包围，

上帝的失误，声声入耳。

任何遗漏，皆可导致横祸，

我不相信我，也不相信神，

我不相信神，故不相信我。

狐疑着，遗忘着，记忆着，

拖拉着时间向前，

混乱不堪。

爱无能

遭遇任何的爱情，都是一样，

都需要展示美好，妆容得体，举止适宜；

都需要表现优异，谦和有礼，进退有度。

才华像口红，可以提分；

品质像金子，可以添彩；

素质像着装，可以亮灯。

需要独特，需要才华，需要特征鲜明，

便于区别、记忆，便于征服。

还需要顺从、谦和、退让，去维系巩固。

所有的爱情都是相同，

都需要支持对方，服务对方，滋养对方。

都要付出心血劳动、时间、思想、心灵，

任何你之所有。

要自觉屏蔽阴暗面，猥琐面，无能面，丑恶面。

要力争时刻光鲜，在对方面前绽放，

令他心动怜惜，崇敬膜拜。

只有这般才能拥有爱情之歌、

征服的序曲、感动的进行曲、

惊魂动魄的完结曲。

所有的爱情都是一样，

可鲜活明亮怒放，这些崭新的词语，

都令人衰竭虚弱。

吸引，征服，赢得，巩固，所有的举措，

都带来沮丧疲惫。

无力开始爱情。

无力抖擞精神，征服世界，

赢得爱情。

光鲜的表象下，是更多的沮丧，

卑微的困顿在那里，

无能为力中，迷途困顿，

任由腐败溃烂。

无力开展爱情，

我们的阴暗，

却又等待着救赎。

等待着找寻，

渴望着刺穿，

有序，

光和暖意。

腔调

无所谓伟大。

无所谓崇高。

无所谓卑贱、猥琐。

有些人活着就是这样的腔调，

他也无从选择

是怎样的种子。

慎判 /

不可轻率判断评价，

不要轻率认知。

要专心细听，仔细观察，

避免误判误伤。

每个灵魂都值得慎重对待，

包括自己的。

聆听，

遵守，

成全。

伪善的关怀

不要泄露我的行踪。

若只有危险伤害，

我宁可离群索居。

不要泄露我的行踪，不要打扰。

若是不能，收留我冰冷的躯体，

要是质疑，这生畏有毒的牙齿。

那请容我，在暗夜独自穿行。

即便偶遇，请保持沉默。

貌似危险，却未曾伤人，

对世界，也并无恶意。

放我径自离去。

静悄悄中，

无声息地滑过。

若是只能带来灾害给我，

就容我在雨中避雨。

属于我的伤害，足矣，

不需要"馈赠"。

遥应

这一刻，

喀纳斯已在冰雪中沉睡。

江南仍姹紫嫣红，

香甜四溢。

可风中的凉爽，已由冰雪带来，

冬虽未至，夏已终结。

那一刻，江南醒了，

蓬勃的春潮，

暖化过山岩冰川，

唤醒柔嫩的生机。

春虽缓，却终不迟，

这暖意辉映成趣。

未知晓？

没关系。

自然悄然发生，

顺然流畅。

暖风和凉爽，吹拂过你，

像抚过无数山石幼苗。

感恩

我知道现在一切还好，

夜幕还没有降临。

永恒的黑夜还没有将我收敛。

我知道现在还好，虽然眼泪夺眶而出，

磐石重压力竭残喘。

我是忠诚的仆人，奔波于无谓的挣扎，

效忠于荒诞的工作。

生猛的疼痛，仍愚顽坚挺地觉知着

神的顾念和恩宠。

捂着嘴泪水滂沱，无声中喧肆哭泣。

我知道一切还好，神还有怜惜，

没有完全拿走。

感恩出自卑微。他终将全部拿走，

在那永恒的黑夜降临的时刻。

卑微中，我听任泪珠滚落，掷地无声。

我知道一切还好，

闭紧嘴。

不去指责。不去啜泣。

不去打扰。神和人。

对抗

树傲藐世间，卓然伟岸。
草柔嫩服帖，亲切可人。
屹立不屈是树的铮铮傲骨，
温柔随顺是草的韧之芊芊，
相依共生却截然不同。

他眺望森林原野。
她布满蚂蚁琐屑。
草的世界放弃平实，
就是放弃脚下土地。
困顿于平实，却在
阉割树的高度自由。
相依而生又远隔天涯，
生活俨然是场对抗。
姿态和姿态的抗衡，
和平，俨然不在。

各自仰仗着自我，

冲突，对立，伤害。

杀戮中肃穆如战士，

爱是武器，和平是修整。

静谧中，

自然在私语，和谐藏匿其中。

何谓古木，何谓小草？

界定即为姿态，就有着局限，

局限产生对立。

和平只在放弃中产生。

了悟，从这静悄悄中萌芽，

爱，孕育而生。

契约书

从这刻起，

我不再求得拥抱容纳，

自己拥抱自己。

从这刻起，

我不再希冀，收容热爱，

自己温暖自己。

从这刻起，

我不再希望这张脸有人欢喜，

我接受自己的脸，

无论美丽与否，迟暮与否。

从这刻起，

不再用微笑、善意取悦别人，

从此只取悦自己，依从自己的真实，

只欢乐才微笑。

从这刻起，

我和自己和解，达成一致，

完成相伴相守的契约。

从这刻起，

我不再要求世界他人，

也不再因为世界他人要求自己。

从这刻起，我担负自己，

忠于自己，照顾自己，疼宠自己，

并独立前行，直到死亡，

将我和我和解。

世界那么热闹，他人这么艰辛，

大家都很忙碌，

好吧，我自己与自己相伴。

为什么要活得像个乞丐

或者强盗呢？

为什么要求得或索取呢？

我可以活得更宽广一点，

可以站立得更挺拔一些，

这就是自由，

荒漠里绽放的胡杨树。

水镜之光

此时此刻此地，

光在水面盛开，

朵朵金莲，随波流溢。

又似金纱，长拖漫拽，

是谁抛洒这细碎玉石？

令水之镜，叠颤晶光。

它们都是你，

只有你啊，太阳！

能够如此辉煌，盛大夺目，

驱逐黑夜忧伤。

只是你，我的太阳，

何时升至——我心之镜。

远古天地，漫漫黑河，

我揣着你徒穿此岸。

姿态

渺小也是一种姿态，

任何的姿态都是自我。

无论傲慢还是谦卑，

都是姿态。

只存在一种不同，

就是没有姿态。

大和小，高与低，

都不认同，

放弃认同，

从而舍弃人为演绎。

失之交臂

丢失的，没有得到的，

失之交臂的，

每刻都在错过，

时间，事物，人。

混乱在此刻，

错失了此刻。

连同此刻里的所有。

沉浸在思维里，

错过了他的观点情感，

困顿在这里面。

拒绝的另一面，可能就是出口。

我将我铸造，

又将我禁锢。

我既是我的高度，

又是我的限制。

局限在我里，

我的思想，连同我的爱，

都是那么局限。

翻滚的脑海中，

这刻，我必然的，

错失了你，我的爱。

被流动的混乱席卷，

被思想意念障蔽，

被时间囚困，

错过了自己，

失去了一切。

阻挡

秋冬季满地金黄，

叶，被风吹落一地，

不，不是风，

是时光，是时间。

行人，被阴雨阻在室内，

不，不是阴雨，

是理念，是计划。

淅沥中飞鸟流畅穿梭。

雨露挂满枝间梢头。

大自然始终敞开，

保持迎接的姿态。

叶，等待腐烂掩埋。

草，等待在春天复活。

行人呢，但愿在春天也能复活，

免于时间思虑

带来的衰老、僵化、

死气沉沉。

今天不会正确

今天不会对过昨天。

所有的优化正确，

只是大脑的游戏。

警惕一切善念，

防止自我标榜。

警觉，

慎重，

不必有助于人，

任何自以为是的帮助，

只是在建造自我。

自我缔造的虚幻之美，在月光下闪烁，

感动着自己。

思想虚幻的水波下，无尽的深海底，

是什么在深陷，

又是谁在惊慌无措？

每滴水都有一颗心，

每颗心都相同。

相同的悲伤，相同的惶恐无助。

失眠曲

谁在夜里无眠？

这刻，谁还辗转反侧，

难以入睡？

即使星星都已疲惫地隐去，

即使黎明即将到来。

谁仍闭着眼，清醒癫狂？

曙光又刺痛了谁的眼，

令深深的疲惫，有着临界的抓狂。

清醒无济于事，灾难无可抵挡。

当沉睡都成了奢求，

这时，生命坍塌成墟。

我们常常隐忍而纯良，

蜷缩身体减少欲求，

可这里，

仍漆黑一片，

仍只有我。

徒劳对抗着如烟的旧梦，

堤防着虚幻的恐惧，

随时伺伏地扑咬撕扯。

世界皆已沉睡，

只有我醒而绝望，

独自癫狂，

死寂的缄默中，只有我。

咏叹调

我有没有赞叹过群星璀璨的夜。

有没有赞叹过海浪亲吻过的沙滩,

细软中泛着低频的光。

有没有赞叹过海浪,

永不止歇的吟唱。

有没有赞叹过在那些瞬间,

我心沉寂的喜悦。

我要赞叹你们,

这些是我出生的理由。

而我每一次的赞叹和感动,

都是我存在的意义,

这是反应,回音。

咏叹调,永远献给你。

美来自爱,爱带来美,

相互呼应。

呵,这一刻,

怎么可能不相信神？

美和爱，是神的眼睛。

艰辛

一路走来多么艰辛，

疲惫的旅人，

背负着重担，停息只是奢念。

即使软塌在前，

奔走的惯性，也仍奋力向前，

期待着卸载后彻底休憩。

已经那般疲惫，

却仍掩着倦意，

打起精神奋力前行。

目标就在前方，

疲惫的旅人看着远方，

无视绿草茵茵。

虚弱颤抖的足，

远方是哪里？

旅人，那目标是意志，

还是头脑？

是一个计划，还是你之所求。

这草地你怎知不是上帝的爱，

怜惜你这劳苦。

躺下吧，不是让你幸福，

不要害怕。

只是歇息歇息，

你还是可以带着目标载重，

继续逃离。

只是休息片刻，不要害怕，

神也心疼你那逃亡的艰辛。

沼泽

没有人比我更懂
你的艰辛。
载重苦行，无望窘迫。

没有人比我更懂，
你对光的渴望。
浸透着雨雪，
被冷意包敛，
孤独紧追不舍。

没有人比我懂得，
你愚顽的良善，
却因此置身险地，
憎恶身边的好人。
生命是单趟旅行，
就该竭力畅意。

嘲笑自以为是的善，

糊涂的好心，

却无法遮住自己的眼，

不去看那纯良的艰辛。

那懂得，迫我承受。

嘲笑着分担着，

讥讽着背负着，

这愚蠢的不该有的懂得。

存在

无论爱或者恨，或者无视，

我始终存在。

无论爱或者恨，或者忽略，

我终会不在。

存在的时候，那么坚挺，

那么笔直，那么可恶。

存在的时候，那么柔软，

那么好心，那么善良。

这样的存在，属于每个人，

时好时坏，混乱不堪，

不值一提，无法界定。

为什么让存在那么平凡？

煤炭和钻石构成元素相同，

为何不去做钻石，兄弟！

舍利子不朽非凡，只在现在。

现在，

我迷失在我里，

继续着混乱的平凡。

囚徒

你哭了，因为世界让你啜泣。

你笑了，因为外在令你欣喜。

外面下着雨，你淋湿了。

内在生起病，你哀伤了。

没有病，没有雨，也会哀伤。

那伤是记忆，是思想，

外界和时间拖着你，

身不由己。

你画出了个"囚"字，

又在臆想中等待救赎。

不必有人，就没有了囚，

有人存在就是囚，

即便只有自己，

也是一座铁牢。

尖叫的自我

自我总在尖叫。

自我界定界限，自我设定底线。

自我预计方向，自我规划路线。

因为无依所以自立，

因为清醒所以自强。

强者的轨迹大致相同，

建立自我对抗贫穷，懦弱。

抵抗世界，抵抗贫穷软弱，抵抗一切，

打造建立一个自我，囚禁了另一个。

界限试图界定世界，却只禁锢了自己。

试图保护自己，却在界定中孤绝了自己。

在强大坚固里孤立无援，

在不可冒犯中软弱不堪。

其实从来没有强大，从来没有勇敢，

依然无所依从，依旧软弱怯懦。

所谓的强者，只是分裂的自我，

分离出大脑心灵，钝化心灵，强固大脑。

依靠迟钝麻木，抵抗着软弱恐惧，对抗着外界。

这是自我的奋斗史，从建立到壮大到获取，

到衰竭到摧毁到失去。

没有勇敢，因为怯懦一直都在。

没有强大，因为软弱一直都在。

依旧软弱，依旧恐惧，依旧无所适从。

恐惧怯懦和最初相同，仍隐藏在核心，

积压到某刻或会轰然倒塌出现危机。

真正的强大来自一体的平和，

分裂抵抗消耗了能量。

伤口（一）

术后刀割的伤，

平整中，仍让人触目惊心。

单身赴会无尽黑暗，

每个可能消亡的生命，

都令我衰竭死去。

高耸的树木，

树身谱出生命之书。

干虬，腐朽，伤疤，

黑焦是雷击？火烧？

生机勃勃中，伤口从不遮掩，

都摊开展现暴露无遗，

将生和死奇异般合二为一。

躯干直扎无尽苍穹，

喷薄而出的张力，近乎在咆哮。

细看却跑满蚂蚁，遍布虫卵。

没有死去，就是生，

每个濒死感都是幻象。

生机里有着病患的危机，

危机里又蕴藏无限生机。

不朽并不存在于自然中，

自然只存有这刻的永恒，

生命只关乎当下，

坚定前行。

生命是当下的脚步，

没有路也没有死，

生命不是射线，

它是圆环。

伤口（二）

好像有人在乎似的，

不就是伤口，

疼痛，我还可以忍受。

辱骂，撕扯，尊严像可笑的地毯铺在地上。

像有人在乎似的，让我们一起践踏。

愚顽得像个疯狗，漠视疼痛的伤口，

连同你一起无视。

无非是疼而已，我还可以忍受，

怜惜，是荒诞不经的笑话。

哈哈大笑中，掩饰着虚弱的痛感，

泪像水一样凉薄，

麻木不仁并无可救药。

乌鸦的黑，大理石的黑，

夜静默的像黑色的墓碑。

孤绝中被黑暗容纳安抚，

所有的无动于衷，

被黑暗打开揭示，

无须嘲笑伤痕，言不由衷，

不必去抵抗，战争已然结束。

黑夜是灿烂的星河，浩瀚无垠，

是海浪永恒的拍打，热烈殷勤的呼唤。

这刻信了神的悲悯，

相信了死神也是神，

看穿了他无动于衷的悲悯。

原谅了世人和我，

那检尸官般的眼神，

看向伤口的麻木空洞。

呼唤

一遍遍，
不要停歇。
在耳边提醒着，
我的美好，我的安全。

一次次
拍打肩头，
心脏，安抚着，
并保证会好，会安全。

一次次，一遍遍，
即使布满死气全无生机，
即使落败罪恶无可救药。

惶惑，不知所措之时，
也不要停止。

力竭绝望，虚脱之刻，
更不能停歇。

一遍遍，一次次，
请相信，
我只是睡着了，
你的呼唤会令我醒来。

卑微

你当我是什么，

可怜虫？

如果爱是无尽的劳役，

宁可没有爱。

厌倦用期待的眼神望着你，

如果爱是无尽的等待，

宁可没有爱。

黑夜里没有月，没有灯，

踢踏着木屐，

独自穿过暗冷的街道，

踩过冰雪，留下脚印，

漫天的飞雪又渐渐遮掩。

装满一兜兜火柴，

却并不叫卖。

哭泣，却不发出声响，

没有关系，眼泪会被风擦拭，

或被止住。

我怕的是冬季吗？

期待的是温暖和爱吗？

不屑于此，任何任何。

我们并不惧怕冬季，也不抗拒春暖花开。

冰冷的手，在死寂中抱紧自己，

跌坐在街角。

木然漠视着，空空如也的手，

你们拿走吧！

疯狂的赌徒已输光所有，

脚印也被大雪淹没。

缄默的死寂，

抱头跌坐于停滞的时空。

没有被冰雪掩埋，就在冰雪中清明。

寒凉的手，比冰雪微温，

那余温是生命给我的。

看似已被拿走了一切，

这么渺小的世界，

却也连接着永恒，

由此通向星辰大海。

还有着温度，

有着广博的自由。

沉默

我也在寒夜期许过春暖花开，

也有过失望心碎的刹那，

但我咬紧牙齿不发一声。

一点食物让饥饿的魂灵更为饥饿，

一场雨让荒漠更无法忍受，

那不足以令人癫狂。

我咬紧牙齿不发一声，

没有暴击幸福的幻影与

失望的来源。

疼痛绝望使我置身地狱，

恐惧悲伤也曾将我撕裂。

漫漫长河的同路人，

我知道我们是一体，

感受着相同的压力与阻力。

我咬紧牙齿，
濒死般忍受着黑暗。

失望是希望的阴影，
光明让黑暗无法忍受。
这温软即使将我灼伤，
让疼痛更加无法忍受。
我仍感激你啊，
曾投予我的一星之光。

我默不作声地忍受着，
哪怕因此承受地狱。
最初的美好，
永不该是指责的理由。

光

还是要成为一道光，

哪怕只是照亮自己。

在黑夜里爬行，

遵循理智、恪守教导。

怀揣着盛大的热情，

想要燃烧自己点亮世界，

想要成为一道光，

那狂热的愚昧，

而今燃尽所有的自我。

对抗着虚无的对手，

战士已筋疲力尽。

眼前的世界分崩离析，

幻灭之光是在梦境。

没能救赎别人，只是赔付了自己。

没人能将我救助，

从来只有自己。

山峰崩塌成谷，低洼中

浮现了什么？

我还是成了一道光，

当山峰成为深谷时。

当我成了虚无，我成了光。

光是辉映，空无中倒映展现出的神意，

光是辉映，水泛着粼光。

致克里希那穆提

曾经以为每一个觉醒，

背后必有一个更好的自我。

总以为每一次修正，可带来超越，

以为每一次错误背后就是成功，

所以，我努力觉醒、反思、更正。

直至邂逅一道光，他令我醒悟，

我得到的，追寻的，更正的，

都只是我而已。

没有所谓的优劣，

只是在建立更强大的自我，

只是一个狭隘的头脑正在玩耍游戏，

循环，反复，反复循环。

超越只是假想，会有更残酷的摧毁，

将优美覆灭。

那优美太过表浅，

只是大脑控制的把戏。

精明只是假象，

所有的计算只是错误和狭隘，

全无意义，对错得失无法衡量。

得到此，必然失去彼，

此轻彼重始终在变换。

谦卑没有意义，那是自我的面具，

任何二元化的世界，都是相同，

高大和卑微，都只是姿态，

只要存在姿态，都是相同，

没有高低优劣，只是技巧的卓越，

只是狭隘，相同的狭隘。

只要我存在，就存在头脑，

头脑总是狭隘，卑微，痛苦。

他就像闪电撕裂照亮，

混沌中的我，像是明白了，

或者仍保持惶惑，只是自以为的懂得。

观望着，

大脑时时的铺设，

有时睡着，有时醒着。

且共从容

倦得无从呼吸，

揽镜难自认。

艰难的不是生活，

不是抉择，

只是难以安宁。

怪兽伺伏在心底，

张着大口。

只有想要的欲念，

却不知想要什么。

怎样走都没有错，

怎样走又都是错。

茫茫然，恓恓惶，

时间宛若樱花，

落英缤纷，

一切都美好得宛若从前，

只是跌撞，蹒跚了自己。

尘满面，难相认。

何时能洗尽这铅华，

且共从容？

还能回身，像樱花一样，

片片飞落，天真安宁，

和光同尘。

不再探究这个世界，

让它保持独立。

不再尽力去爱，

容它依旧神秘。

全情忘情，融出两忘，

这刻或能从容。

大海

在海边泛滥成灾，

弥漫无边的情绪，

向我奔涌。

大海吞没了我的存在，

瓦解我的意志。

呼唤你，波塞冬！

月光中请向我走来。

黑暗令这里璀璨无比！

大海散开无数的贝壳，

珍珠也在头顶熠熠发光。

交错纵横的美，

呈现出最高意志。

永恒的宇宙，

万物的来源和归宿。

当我必然奔向你时，

我没有一丝迟疑恐惧，

我无比信赖你的存在，

如同我之存在。

由此，我无比热爱，

热爱你，

乃至一切。

少年

透过你的手，

我相信蟹钳的温柔，

在那坚硬的盔甲里藏着柔软。

轻触着你的手，

我相信那全无欲念的爱，深远辽阔。

穿过你的眼眸，我看到另一个世界，

相同，与我又截然不同的世界，

和我的对立又融合。

冰雹向我袭来，你的冷酷将我击伤，

我的冰雪也向你袭去。

爱不只是透过你的手，爱不只是暖阳，

还是黑夜，还有着入侵的张力，对峙的弥漫。

幼子，少年啊，你出自我却并不属于我。

你的眼泪，我让它落入尘埃，

它一文不值，和我的泪水一样卑微尤用。

但是啊，这流淌的眼泪，

希望能永远流淌不止，

让我知道你还爱着，还柔软着。

最后，那尘埃底，泪滚落的地方，

将开出烂漫的山花。

洁白的花朵是星星在闪烁啊，

是黑暗中的萤灯。

生命的恒河，肆意畅游吧，我的少年。

只是要留心水草，优美坚韧可爱有趣，

或会衍化成僵直羁绊，那时要

勇敢地斩断，继续潜入探究。

不要畏惧孤独，

我们从来都是孤独上路又孤独死去。

眼里充满了泪，光也仍然要充满，

你要深入那更深的地方，

只有探究得足够深远，才会听到静谧中的呼唤，

那是深海是天空，是黑夜也是光，

爱弥漫开来又无孔不入，将我们穿透包裹，

自由和它同在。

那刻你终将知道，少年，

在宇宙里，人海中，我们从不孤单，

爱曾没有一刻将我们舍弃，

那里你定能找到我，

我们将在一起，

那里穿越死亡，

那是永恒。